時間の神の蝸牛

Watanabe Matsuo
渡辺松男

書肆侃侃房

時間の神の蝸牛＊もくじ

Ⅳ

Ⅴ

VI

VII

Ⅷ

時間の神の蝸牛

装幀・写真・カット　毛利一枝

I

焼身

火となれと歯をみがくなれ火とならば孤独を知らんかの雪豹の

朱を塗らば明暦の火事　回游魚群れて大きなかたまりの過ぐ

焼身をしてのち一億年のすぎ櫨《はぜ》の紅葉となりたる悔いや

宝

きみの眸《め》ゆ吾《あ》はとりだしぬ碧空《あをぞら》を凝縮したる宝この石

かざはなの青丹の空にまふ日には文《ふみ》が飛脚であらばよからむ

天文的時間の孤悲を亡きとゐてまたたくたびに一昼夜すぐ

ノーザン・クロス

蝶となり海峡わたりゆく光《かげ》よ何かになれば大いに失くす

ノーザン・クロスとくに浮きいづる涼しき夜てうるい図鑑ゆ鳥類の発つ

尾瀬の夜の銀河には手がかろがろと届きてひろふわたしの寿命

尾瀬

きみの耳たぶのうぶ毛のほの白さ行かうか尾瀬はわたすげのころ

死者といふありかたにきみいまはあり白虹《はくこう》いでぬ尾瀬ヶ原のへ

水芭蕉をはるころ尾瀬曇りの日おのづからこゑひくめてあるく

つぎつぎと尾瀬木道にすれちがふ都会のやうに見知らざるひと

夏至は雨　墨絵のやうに木々がみえ尾瀬沼はまだ半周ありぬ

色身はにつくわう黄菅いちめんに咲いてをりたり尾瀬ヶ原にて

燧《ひうち》ケ《が》岳《たけ》おりてきてわが鈴おとはかきつばた咲くぬまべのあたり

蒼天の底澄みすぎて黒くみゆまひる至仏山《しぶつ》のいただきゆみゆ

尾瀬ヶ原にたしかにあらずわれ以外燧ケ岳《ひうち》と至仏山《しぶつ》と初雪のほか

日光

きみ逝きてきみの見しものみな消えき日光の鹿も尾根ゆくわれも

山岳の透明ありぬ亡きひとの透明ありぬ白根《しらね》葵《あふひ》と

ぞんぶんに中禅寺湖をみおろして中禅寺湖へくだりつ雲と

ちひさくちひさくわれを写して日光の湯滝のそばの黒檜《くろべ》の巨木

靴音に大文字草《だいもんじさう》反応す渓流のおとすでにしあれど

木は死者の立ちてゐる白樺の幹戦場ヶ原にとびとびにある

瀑それはをはらざる愛滝つぼに水たまはじけつづけては生る

浅間連峰

浅間山この山自体まぼろしとわかる日の来むわが咳のごと

雲晴れてみるにねつとりある雪のあさまの山は白き犀の立つ

あさまと木とのあひだに雲のたれてきて木しかみえざる今しの新芽

嬬恋ゆキャベツがはるか浅間《あさま》山までみどりの気泡シートのやうだ

あさままで甘藍つづく高原は曇天の空も青みをおぶる

雪とけて山かげ死者の笑みのごと紅花一薬草《べにばないちやくさう》のぐんらく

登らむに浅間《あさま》山まつたくみえざれば曇りへ突入したる肉身

あのひとのだれに抱かれてゐるときの心臓ならむ浅間山《あさま》の火映《くわえい》

あまつばめあさま火口の生むつばめ空斬るにあををんなを思《も》へれ

重力に勝ちたるものよ富士火口浅間火口はだれの靴跡

あさま山あかむらさきにてまだ暮れず芒種十九時噴煙もみゆ

こころにおもふこと止められず夕焼けを掬ふあさまの山と一緒に

鬣を振り乱すがにゆく雲よあさま上空は雲とて苦し

水ノ塔山《みづのと》ゆ篭ノ登山《かごのと》へゆくをねみちにカーブがありぬひとの肋骨

たかき尾根に伊吹麝香草《いぶきじやかうさう》ありて　むかしのひとのあしくびの香よ

深閑がここに集中してきたる山頂なれば星鴉ゐる

駒草に霧がしめりをあたへをりガレ場落ちざる石にもしめり

ちよつとしたいたづらごころ湧く山は粘芭蘭《ねばりのぎらん》の粘りに指が

信繁は烏帽子《えぼし》岳を仰ぎ烏帽子岳から四百年後にわれはみおろす

黒斑山《くろふ》からおりてきてすぐ浅間山《あさまやま》爆発をしぬわが手に林檎

船酔ひのごときの祭りあめつちがあさま山そをふくめてゆるる

丼《どんぶり》に飯を浅間山《あさま》のやうに盛り台風のくる前の男ら

あさま嶺にたんぽぽひまはり秋桜の雲を浮かべて翁の絵筆

竜胆も秋晴れ浅間《あさま》山も秋の晴れ竜胆一花浅間《あさま》山一体

三山

うつすらとみどりのきぬにおほはれて肉体となりぬ五月の赤城《あかぎ》山

芽吹きたる小楢えごのき榎の木ひとが歩けば山も歩くよ

水楢ゆ山毛欅へと鳴きて移りたる黄鶲《きびたき》あればぼくたちの息

つつどりが遠くに啼きぬうすぐもりみづならの森は啼きごゑの母

風ながれざるごとき青のなつかしさ類葉牡丹《るいえふぼたん》咲く林床は

こもれびはひやくねんまへのほのぐらさ茸に古紙のにほひのしたり

過呼吸の飛火のごとく真つ赤つ赤てんてんと山に蓮華躑躅《れんげつつじ》が

こころから哭きて華やぐ涙とは石楠花ならむ山へ来つれば

すずおとがすずおとを追ひ黒檜山《くろび》へと赤八汐《あかやしほ》咲くなかをのぼりつ

めがねからはるか下方へおとしたるふたつのレンズあかぎ大沼小沼《おのこの》

天つ日や赤城大沼小沼《おのこの》きみとわれひめぎふてふとうすばさいしん

あかぎ大沼《おの》半周したりみづべにてわれも立亀葉草《たちかめばさう》もひつそり

たはむれに霧のどんちやうあけられて鳥居がせつなみえたり赤き

霧のまにまに釣り人みえしぬまべりに霧晴れたれば釣り人をらず

げんせの身ろくぐわつなれどよき匂ひあかぎ鍋割《なべわり》山くさたちばなの

鍋割《なべわり》山の草橋はよそゆきのひとのかをりのろくぐわつの花

月夜にて黒とはちがふ濃きいろに赤城《あかぎ》山のみえて牛舎の眠り

初夏は初夏でわかかへるでのあさみどりあかぎはるなをのせてゐる掌は

距離おきて認めあひをり赤城神社榛名神社の大杉同士

水面をモーターボートは力尽く余波が湖畔の靴にかかりぬ

霧ながらゆふすげの咲く高原はゆふすげばかり霧からいで来

おもてから裏へ晴れからくもりへと榛名《はるな》山を越えつ紅葉のはるな

太陽光に金粉となりし鹿ありぬ銀粉となりし人あり山に

理髪師に髭そられつつうとうとと意識は妙義《めうぎ》山の奇岩へとびぬ

あふぎてものぼりてもぎしぎしぎしと妙義の山は巨なる羊蹄《ぎしぎし》

にぎりめし食めば関東平野みゆひとつ妙義《めうぎ》山の奇岩のうへゆ

妙義山《めうぎさん》の奇岩に立ちぬ狗鷲はこんなきぶんか景色よきなり

歩かう

谷川岳の尖りに立てばまつ青な空の匂ひがわれを片付く

利根最上流　つゆ晴れ　矢木沢ダムに立ち神経正常なるいましのわれか

とね川のながれのちかくあるくひと青い透明のぎりぎりをあるく

まだ乳首ほどの林檎がはつかなる紅をともしぬ武尊山《ほたか》のふもと

渓流を素足でわたり拭く脛に山毛欅を透かしてこし陽があたる

山陰ゆ峠にいでぬ大きなる画帳ひらけるごとくあかるき

山頂にわれを残して白根山《しらね》から帽子が草津のをんせん街へ

まつきつきカモシカ平の底へゆき日光きすげに埋まる、帽子と

カモシカ平日光きすげの黄に染まりひとの指から小人がはぬる

迦葉山に天狗の鼻の長きことねばつく夕日たばねたやうな

迦葉山の天狗の赤い鼻のもと家族単位に何組か過ぐ

子持山一人静のひとつみて多くのありぬみてからのぼる

子持山いただきのわが瞑目に小雀《こがら》とまりてわれにかへりぬ

これを不在といふのだらうか袈裟丸《けさまる》山に鹿のかたちの空白ありぬ

袈裟丸《けさまる》山の隈笹にふゆの日のあたり鹿のゆらゆら麩のうくごとし

三毳山《みかもやま》みなみがはからのぼりきて北のくだりの片栗の花

カッコサウ鳴神山のカッコサウ氷期ゆピンクここにつらぬく

子とのぼり子とおりてきし御荷鉾山《みかぼやま》あんパン食ひぬのぼりくだりに

御荷鉾山くわくこう鳴きぬ高崎の方角をそのころゑは拓きぬ

あらはれて現世のごとく駒鳥としばらくあるく浅間隠山《あさまかくし》に

さらさらーッさらさらさらーッと梢ゆれにしはわがあとつけてきたる猿の眼

かざおとにふりかへれば木に猿ゐたりかざおとは猿五匹のうごき

うすひたうげ熊ノ平の駅跡に猿とわたしと風きてゐたり

荒船山《あらふねやま》空ゆく船の遠くから甲板にみえし平らをあるく

おたがひのなかの自分とあめのなかしほぢ原生林へ歩かう

澄める空夜あけとともにひろがりぬそれを映して冴ゆる鷹の目

かみつけ野

ピクニックけふはピンクを鈴のねとおもひぬ烏《からす》野《の》豌豆《ゑんどう》の花

薊咲きて犬も子どもも原つぱにうつくしきかなただに走るは

かみつけ野コンバインにて麦秋の黄いろい風が刈りとられゆく

ふづき手を空へのばして山脈をゆびになぞりぬ青い山脈

かみつけ野あきかぜに手をあててゐて手からつぎつぎコスモスの花

ぐんまからとちぎへとびぬこふのとり望遠レンズもひともとびたり

牧場

放し飼ひのごときにあれど柵ありぬ柵までゆかず豚ねむりをり

ブルーブルーと子はおどろきぬ羊の眸長方形は飛びきし小窓

牧場に蓮華躑躅をとりかこむ柵を腕とおもひぬわれの

牧場にある一本のみづならのかげのうごきに赤鴉のうごく

かべがみに牛きてをりぬ舌をもて草むしる音牧にのこして

桃花染

石狩川河口に立てるしばらくを河口とわれをみてゐし妻や

鳥海山の麓の村の盆踊り手首うごきて浮きをり闇に

あさまだきおもちやのやうと君いひぬ奥入瀬に滝いくつかをすぎ

八幡平《はちまんたい》へ行きましたかとこゑきこゆこゑは木陰のさらに木陰ゆ

八幡平へ行きましたかとこゑきこゆ八幡平に来てゐるわれに

わたしにも聞こえますから安心をしてくださいと薄日がさしぬ

早池峰ゆ遠野へくだるふしぎなる湯にいるごとく足からくだる

かげも無のほど暑かつたひる花巻の賢治の留守にしばらくをりぬ

きみがまだありしころにてきふに晴れ一切経山に白煙のぼる

桃花染《つきそめ》の和傘逆さにせるごとき火口をめぐる吾妻小富士の

みなみから弥彦山《やひこ》を越えてゆくひかり佐渡へむかひて芒のなだる

魚沼のスカイラインの白霧のきれめきれめに鬼やんまの眼

鬼無里《きなさ》にて紅葉伝説あるところ白雲とわれダブルに過ぎつ

いまだれもきてをらざればわれはゐて乙見湖畔のきくざきいちげ

一休みする繊き木は笹ヶ峰牧場にきてゐたる白樺

書肆侃侃房
Shoshikankanbou

Woman's Best 17　韓国女性文学シリーズ14

小さな町　ソン・ボミ　著　橋本智保　訳

本体1,800円＋税　978-4-86385-592-2

過去をすべて消しても生きていけるだろうか？

私だけが知らなかった、
私のもう一つの物語

幼い頃の記憶。火事に見舞われた小さな町で、亡くなった悲しみに犬を飼う人々。死んだ兄。森の中に隠れて暮らす女性。いなくなった父。母の秘密。夫のスクラップブックと、消えた女優。現在と過去が交錯し、思わぬ真実が立ち上がってくる。

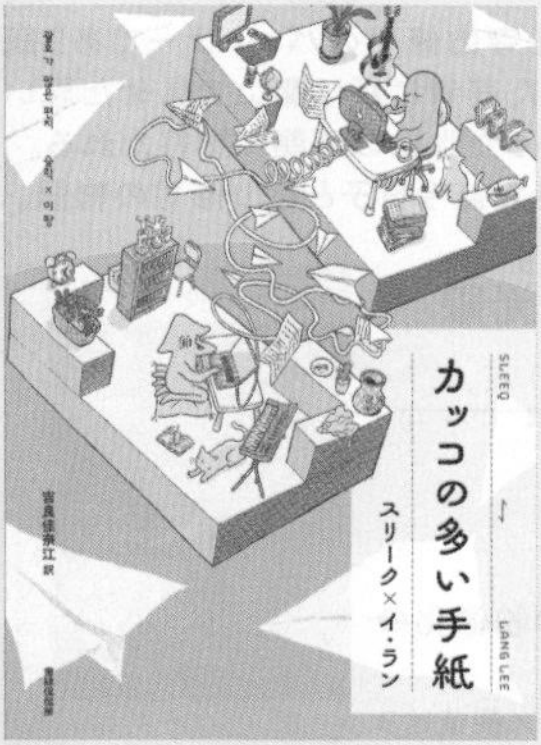

カッコの多い手紙

スリーク、イ・ラン　著　吉良佳奈江　訳

本体2,000円＋税　978-4-86385-593-9

《手紙には何度も（カッコ）を使いましたね》
ミュージシャンで、フェミニズムの同志。先行き不明のコロナ禍に交わされたイ・ランとスリークふたりの往復書簡。

猫と暮らすこと、妊娠する身体、憂鬱な心の話を分かち合い、ヴィーガニズムや反トランスジェンダー差別を語り合う。私的なことと社会的なこと、共感と対話のあいだを行き来しながら紡がれる優しくゆたかな言葉たちは、あたらしい距離を測りつづけている。

まぼろしの枇杷の葉蔭で

祖母、葛原妙子の思い出　金子冬実

本体1,600円＋税　978-4-86385-590-8

おばあちゃんとのことについて、色々な人が色々なことを言っているだろう。あれはみんな違うんだよ

「幻視の女王」とも評された、戦後短歌史を代表する歌人、葛原妙子。彼女には家族にしか見せなかった別の姿があった──。チャーミングで愛おしい、「異形の歌人」の横顔。

現代詩ラ・メールがあった頃

1983.7.1 — 1993.4.1　棚沢永子

本体2,000円＋税　978-4-86385-585-4

**今から40年前、ふたりの女性詩人が男性主導の文芸シーンに一石を投じるべく立ち上がった。
新川和江・吉原幸子責任編集「現代詩ラ・メール」の創刊である。**

女性による女性のための詩誌創刊。女たちの発表の場を作り出し、また新人たちを発見しはぐくみながら、詩の大海原を航海し続けた10年間。笑いあり、涙あり、事件あり。ここで語られる数多の出来事は、単なる過去の思い出話ではない。現代にも繋がる熱きシスターフッドの物語である。

寺山修司　彼と私の物語

──九條今日子の告白　青目海

本体1,900円＋税　978-4-86385-584-7

「青目……寺山のこと、好きだった？」

恋人、元妻、師、同志として、生涯を寺山修司のパートナーであり続けた九條今日子が、晩年に再会した著者にだけ開いて見せた思い出の小箱。誰にも見せることのなかった寺山の素顔に胸打たれる。元天井桟敷の著者が綴る今は亡き九條今日子と寺山修司の物語。

ミステリ映像の最前線　原作と映像の交叉光線《クロスライト》

千街晶之

本体2,300円＋税　978-4-86385-582-3

**ミステリが映像化される際、何のために、
どのように改変されるのか。**

アガサ・クリスティー、東野圭吾、横溝正史など、名作とその映像化のもたらす化学反応の面白さ。その秘められた意図とは？

オリエント急行殺人事件／屍人荘の殺人／女子高生に殺されたい／探偵はBARにいる／キングスマン／お嬢さん／サスペリア／ナイトメア・アリー　など

koro　榊原紘

本体2,100円＋税　978-4-86385-588-5

眼の奥に錆びた秤が一つあり泣けばわずかに揺れる音する

『悪友』で熱烈な支持を集める著者の、無二の進化を遂げた渾身の第二歌集。

銀漢に表裏があれば手触りは違うのだろう　指輪を外す
百合のように俯き帽子脱ぐときに胸に迫りぬ破約の歴史
ボトルシップの底に小さな海がある　語彙がないから恋になるだけ
ヘアバームのくらいにおいだ泣くのなら最初の一粒から見ていたい

前川佐美雄歌集　前川佐美雄／三枝昂之編

本体2,400円＋税　978-4-86385-589-2

いますぐに君はこの街に放火せよその焔《ひ》の何んとうつくしからむ

生誕120年！　塚本邦雄、山中智恵子の師であり、「現代短歌の発端」として比類なき歌を紡いだ歌人・前川佐美雄。代表歌集『植物祭』『大和』を完本で収録、前川佐美雄の短歌世界を見渡せる1600首。

春がすみいよよ濃くなる眞晝間のなにも見えねば大和と思へ
火の如くなりてわが行く枯野原二月の雲雀身ぬちに入れぬ

ユニヴェール20　流　桜川冴子

本体2,100円＋税　978-4-86385-594-6

水俣を離れ続けてほーれ、ほう流民の舟にあれば歌へり

流――水俣を離れて50年。
ふるさとの家はなお水俣にありて歌い続ける著者のこれまでの5冊の歌集から抄出した選歌集

頼りない湯豆腐のような君なれば生姜のように座ってあげる
沈黙の会議はつづく　微笑みてをれど開かぬモナリザの唇《くち》
大宇宙つくり給へる手を想ふまつ白な雪を転がしながら

精神の生活　クリスティン・スモールウッド　佐藤直子訳

本体2,100円＋税　978-4-86385-587-8

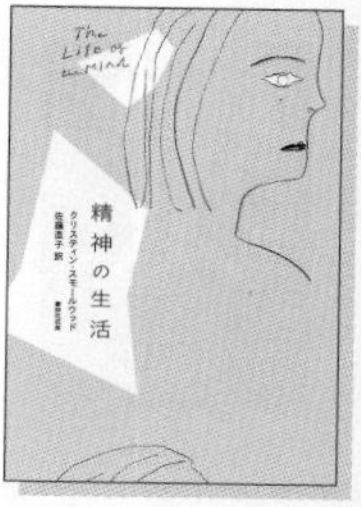

このままならない身体とのつきあい方を、誰も教えてくれない。トイレの個室で不安をひとり抱きしめているひとがいる。そこで何が起こっているか、あなたは本当に知っているだろうか。
――永井玲衣（哲学研究者／『水中の哲学者たち』）

この痛みを何と呼んだらいいのか？　「流産」というテーマを克明かつ赤裸々に描いた傑作小説。

kankanbou.com

株式会社　書肆侃侃房　@kankanbou_e
福岡市中央区大名2-8-18-501　Tel:092-735-2802
本屋＆カフェ　本のあるところ ajiro　@ajirobooks
福岡市中央区天神3-6-8-1B　Tel:080-7346-8139
オンラインストア　https://ajirobooks.stores.jp

『女人短歌』

小さなるものの芽生えを、
女性から奪うことなかれ

濱田美枝子

本体2,200円＋税　978-4-86385-581-6

日経新聞（瀬戸夏子）、朝日新聞（小島なお）、毎日新聞（大塚真祐子）、河北新報（大辻隆弘）など続々と書評掲載！

女性のために女性自身の手によって編まれた歌誌『女人短歌』。第二次大戦の敗戦直後に創刊され、48年にわたって刊行された。五島美代子、長沢美津、葛原妙子ら、『女人短歌』に集った歌人たちの熱き魂のリレーを追う。

現代短歌クラシックス12　**乱反射**　小島なお

本体1,400円＋税　978-4-86385-574-8

何ひとつ知りすぎたことないままにわれは二十歳になってしまいぬ

現代短歌新人賞と駿河梅花文学賞をW受賞し、映画化もされた小島なおの第一歌集が新装復刊。

こころとは脳の内部にあるという倫理の先生の目の奥の空
もう二度とこんなに多くのダンボールを切ることはない最後の文化祭
講堂で賛美歌うたう友達のピアスの穴を後ろから見る

ユニヴェール6　増補新装版

ライナスの毛布　高田ほのか　重版

本体1,900円＋税　978-4-86385-591-5

第一歌集『ライナスの毛布』に新作短歌31首を加え、イノウエマサルさんによる書き下ろしカバー装画と小沢真理さんによる新帯で刊行する増補新装版。

たっぷりと未来が用意されている頬にそうっとおやすみなさい
抱えると重みがふふふふふくらますふろくを包みふくらむりぼん
しんにょうをスルリと描く祖父の手よ歩んできた道ぼくに聞かせて

post card

恐れ入りますが、
切手をお貼り
ください

810-0041

福岡市中央区大名2-8-18
天神パークビル501

書肆侃侃房 行

フリガナ
お名前　　　　　　　　　　　　　　　　　男・女　年齢　　　歳

ご住所　〒

TEL（　　　　）　　　　　　　　ご職業

e-mail：

※新刊・イベント情報などお届けすることがあります。　不要な場合は、チェックをお願いします→□
　著者や翻訳者に連絡先をお伝えすることがあります。　不可の場合は、チェックをお願いします→□

□**注文申込書**　このはがきでご注文いただいた方は、**送料をサービス**させていただきます。
※本の代金のお支払いは、本の到着後１週間以内にお願いします。

本のタイトル	冊
本のタイトル	冊
本のタイトル	冊

愛読者カード

□本書のタイトル

□購入された書店

□本書をお知りになったきっかけ

□ご感想や著者へのメッセージなどご自由にお書きください

※お客様の声をHPや広告などに匿名で掲載させていただくことがありますので、ご了承ください。

◀こちらから感想を送ることが可能です。

鳥も雲もゆくものなにもあらざるを雁坂峠あをぞらはゆく

青木ヶ原樹海に大瑠璃鳴きてゐしきみありわれありいまだ死のなく

山中湖いくたのボートそのなかのひとつのふたりのひとりがわたし

不二山頂は恋を微ぢんとおもはするさうして恋にいとしさをます

ゆく雁のゆめなる列は富士へ飛び通過するとき富士透けてみゆ

大空にシールのやうな赤富士をゆびではがしぬ不眠の朝に

特急に大歩危《おほぼけ》小歩危《こぼけ》過ぎにつつ過ぐる迅さは紅葉に迅き

無重力

無重力空間泳ぐ飛行士のクローズアップされて唇

出でて来て曇り日になほ進みゆけば霞ケ浦にひろがる平ら

千曲から信濃に川の名のかはるあたりの棚田黄の魂浮ける

無重力のごとき感じの曇り日に吉崎御坊あたりを過ぎつ

永平寺七月湿りある日なり湿りがひとのかたちを覆ふ

龍安寺の石は谺をふくみをりあるいは谺そのものが石

過ぎなむとおもひおもひに浮きながら雲にかげあり京都のうへに

II

同時

わたしがここにゐるといふとき日当たれどあなたがここにゐないと同時

今椅子とその椅子に君がゐないこと同時にみたりこの世の椅子や

網戸からすずめのこゑと葉の照りが同時に来にき同時に消《け》にき

なめくぢはすなはちヌードキッチンにあかり点くると同時に生ず

わが眼の矢ひとの眼の矢が黄鶲に同時に刺さる奥志賀の初夏

ならびたつ木のかげ断崖よりおちきぱつと斜光のさして同時に

繭

まゆを掌に繭のかろさにおどろけば蚕の重さいづこにきえし

繭振れば砂粒よりも軽き音《ね》のこの音は繭となりにし蚕

繭を手に繭となりにし生き物のなまなましさが驟雨となりぬ

白虹《はくこう》のやうなる繭におもひたり繭となりたるものすでに空《くう》

この絹の服ののこらばのこりゆくかひこの死後のかひこのにほひ

白木蓮

白木蓮《はくれん》のまだ咲かぬ木につやめきて若竹色のみづたまの黴

白木蓮《はくもくれん》に千の蕾の飛んできて花がくるまでハミングしをり

やはり閻浮提は眩し白木蓮《はくれん》の千の蕾に千の日輪

天上のごときの観に白木蓮《はくれん》の花ひらくとき手の音したり

白い火を地につきさしてゐるごとし遠くにならぶ白木蓮《はくもくれん》は

キャベツ

キャベツちぎりてこころちぎりてちらかしてをりをりわたし空《から》ののりもの

こころ乱れキャベツのやうな満月と満月のやうなキャベツが跳ぬる

広大なるキャベツばたけを見おろして水槽にかかるピンクの帽子

卵

曇天は卵の殻の内側にわれらをおきぬ桜を咲かせ

歌手のたまご女優のたまご鳥の卵それぞれみたり梅のつぼみに

卵産むときにかならず来る朝の空がわたしにこころを映す

発声をするレッスンの産卵をするごときこゑ音楽室ゆ

テーブルに卵がありぬ純白の卵ひとつに秋風ありぬ

手のひらを関東平野とおもふとき卵がひとつ鶉のたまご

けふこころどこへもゆかずここにあり卵もありぬ鶉のたまご

卵《らん》　あめふりてをり　卵《らん》　ゆきふりてをり　卵《らん》　ダンスしてをり

寒の卵のやうに静かになつてゐる丘に一点少女のありぬ

フルムーンを卵とおもふむきだしの卵とおもふきさらぎの空

見てきたる一年分を卵とし葉の裏側で年越えむとす

回転

外へゆくわれと外からくるわれの出会ひて回る風車かな

懸命にこぐ自転車の前灯に似て風車まはる深黄《こきき》に

ブレーキをぐつとかけたる自転車に車輪の輝りとコスモスの花

コスモスゆ風くる窓に口縁《こうえん》と糸底《いとぞこ》の円空転しをり

水惑星すずやかな秋ひとの指に梨剝かれつつ回転しをり

空転は大空だけで充分だ　まつぴるまぼくの乳くびのぼつき

呉服

ニコライ堂　釣鐘人参　姫沙参《ひめしやじん》　にんいにんいに浮かぶ　くらげも

おだやかな呼吸のやうにつゆのころ古本屋から古本屋へと

古書店ゆ古書店へ入り古書店を肺とおもひぬ一日小雨

古書店のにほひは肺にまだのこりごくゆるやかな坂道のぼる

匂ふとき金木犀は呉服かな駅までの道呉服何反

公孫樹の葉づあんづあん散れり唇が合唱団にひらくよあまた

枯れきれる冬木をぜんぶ引きぬかば鮮明ならむイデアの冬木

歯とあい

銀紙に歯をあつる瞬スパークす歯にあつまれる三千世界

親不知けふぬかれたり吾とともにやがて焼かるることまぬかれて

臼歯ひとつ白紙《しらかみ》にのせみてゐたりみてをらばじねんに燃えんとおもひ

白紙に臼歯をのせてみてゐたり鎮火されたるごときの臼歯

夏に子のふいにぬけたる歯をひろひ気づきぬ、　子にもかくればのなき

あといふ輪のどから出でぬいといふ矢くちからとびぬこはるびのあい

あといふ輪咽からいでぬああああ連続の輪はトンネルとなる

白鳥

白鳥のごとくに浮ける駅の灯はただ通過する夜行の窓に

シベリアゆ今し来たれる白鳥の疲労しをれば作りものめく

一年間沼に浮きゐしあの白き幻影に渡来のスワン重なる

シベリアへ帰りてゆきし白鳥のかげはのこりぬまぶしく沼に
みづうみに白鳥の浮くそのやうにことばにおもひのせられたなら

朝日子

まだ生まれたての小さな朝なれば朝は向日葵一花の広さ

竈馬《かまどうま》そのちひさなる子が朝のふろ場に跳びぬルビーのめだま

高架橋あしたあゆめば虹のやうブーゲンビリアのやう亡きひとのやう

生きてゐるからだの生きてゐる耳のうぶ毛にふれつ朝《あさ》日《ひ》子《こ》の恋

浅草へ電車は音を水張田におとしつつゆくあさまだきかな

空間握力

まつぴるま百万の傘吹つ飛ばし渦巻銀河関東を過ぐ

驟雨にて合羽うたるる音が好き雨のちからとたたかふ合羽

あんやへと漕ぐじてんしやは太ももにちからの入りライトのともる

大葦切さへづるみれば自がこゑに自が破裂するごとき勢ひ

米俵かかふるやうに菊の束かかへあげたり花屋はちから

黒い靴つつぱしるみれば葬儀には力任せのところ多々ある

秋の山炸裂したるごとくなる色とりどりの紙のきれはし

やってきし冬の空間握力に一挙に公孫樹金色がちる

悠々たるさまも突進するさまも時を巨象とおもひぬ冬は

樹齢七百年の大槻　この幹のなかにじぶんが何人もゐる

いまを冬と意識してゐる大杉の幹回り手をつなぎて測る

飛ぶむきをすばやく鳩の集団がかふるをみたりパンチみたいに

なにもなき空き地にお金なきわれは鴉のはぬるジャンプ力みし

命のかたち

日向にてわが手は撫づる枯木へと引きこもりたる命のかたち

死魚臭くあらざるこれは写真ゆゑ味はひてをり流線型を

雪薄くまとふ山襞よくみえて脈拍までもみえて恋しき

鴨といふ平凡の浮くみづうみにしづかに一羽離れてねむる

瘤取り爺の瘤のやうなる木瓜の実の自然に落ちぬ自然の秋に

くわくすうの多き漢字を集めたるひしめきぶりや暗き竹藪

雲のゆめ

離れたるとたんに山を滅却す雲にてあらむと雲のおもへば

頂上にかかれる雲は頂上のかたちを身から削りて過ぎぬ

谷川岳越えてただちに消ゆる雲わたしは雲のゆめを知りたき

獅子王の肉球のごと五六百もくもくのある積乱雲や

粘菌の黄に似たる雲ひろがりぬ神輿はげしく上下してゐて

ゆく雁の声おちてきぬ雲切れて切れまのごときわれとおもへば

音のなきピアノこゑなき歌手などのかたちが雲間くもまにうかぶ

冬びよりたくあん漬けを噛みながらからだぜんたい一片の雲

桐咲きてわれのみに訃であるやうな雲とおもひぬひとつ浮雲

ゐないこと歌ひてすぎぬひとすぢの飛行機雲が茜の空に

千年前の千年後

わが吐きしすべての声を溜めてゐる鏡がひらく西日のなかに

むげんに深い鏡の奥ゆ光速であらはれてわが容貌となる

はじめてのごときの歓に手のひらが鏡に映りたるとき生ず

わが顔の鏡にうつる瞳孔に鏡みてゐるわが顔うつる

鏡中に体重のなきわれのゐてなぜか涙はおつる下方へ

国道にクルマゆきかふ鏡中に頭部うかべて理髪されをり

わがうつす鏡のなかの先祖たち仙人掌なりて哲学しをり

鏡中の非常口へと走るひと曇りたるとき鏡中に消ゆ

鏡中のおくそこにある大楠を覗くわたしの方が巨人だ

鏡からいでたるわれはまたたくま空の鏡に入りぬ秋の

大鏡に凩あたり風景の音が光と切りはなされし

鏡中に音の入りてゆけざれば竹暴れをり姿のみにて

そのなかへ大群衆の入りゆけど喧噪は鏡のそとに残さる

鏡面のいままではみえざりし塵郭公あかるく鳴きたるに浮く

遠い遠いあしたのために眉を消しひとが鏡のなかにとぢらる

発狂をうつして壊れざる鏡　千年後は千年前にもありぬ

III

桜花

花といひ散りたるといひ悲しむに一連のながれにゐるともおもふ

うつしよへ亡きひとが目をひらくとき幹からぢかにさくら一輪

とくに桜の満開の頃みえてゐるものとみてゐるものとがちがふ

さくらをよぎるたびにさくらをおもひたり管弦死亡してゐたりけり

ところどころうす雲に似て消息のきこゆる方に桜のあらむ

桜咲くあたりまで山くだりきて空気のなかに心身釣らる

花とはちがふ白い狂気がうすくあるそめゐよしのと空とのあはひ

体幹にたがひをうつしあひながら通りすぐるは君か桜か

くもりの日水でたつぷりうすめたる桜を描きぬ墓苑のさくら

さくらばな曇りに暈けぬ吐く息のぬくみ空気にきえゆくやうに

みづゑにてさくらをゑがき破りたりしかしてなにも無くなりはせぬ

さくらしづかにしづかに散れり（亡きつまのくつおとだけが聞こえてゐるよ）

うすく咲くさくらのうへのあさま山なほうすく糊かわけるごとき

墓となり位置をしめたるものへ雨さくら咲くまへの三月のあめ

美形

いぬのふぐりに瑠璃咲くやうによく笑ふひとがゐたちひさな耳かざりつけ

だから新緑と言つたぢやないか葉のいちまいいちまいにきみ映つてゐるよ

うめぼしのたねの美形はきらめききてきみの唇から虚空にとびぬ

うすみどりの芽吹く林は四十雀の鳴きごゑのかるい感じに歩く

かきあがて手を離したるくろ髪がCの字状にもどる一挙に

きみがわがべにさしゆびをいたづらに爪ではじきつやはらかいねと

かるくわがむなもとにおくてのひらのぬくみときみのこころとおなじ

わたしの薄い腋毛をきみはひつぱりぬ息みたいともいひぬ霧とも

うつすらとあぶらのおほふそのからだ竹といはれてゐたり撲ちあふ

浜昼顔みてきたといひほほゑめるきみのかわいたくちびるのひび

山頂に靴脱ぐきみよ踵にはやまびこがよく似あふとおもふ

死に顔に全面的に新しききみの顔ありてなみだとまらず

火によりて浄化されたる白骨《しらほね》のくだけやすさのごときあきかぜ

姫しやじん　そばな　釣鐘にんじんの花それぞれゆ亡きの鈴音

ゆく雲へあるいはわれへきみがいまなごりをしいとたしかに言つた

釣舟草

すぐそこに永遠の距離あるごとく亡きの歯ブラシ乾きてゐたり

数へ日のやうに減少していけばいいのだが吾《あ》と亡きとの距離も

ひとの息シャボンの中に虹色をみせたれどすこし飛びて破裂す

感じてゐたいとあなたのいへばふるへつつ朝顔の芽が土をおしあぐ

あなたのこごゑつりふねさうといひたるか声があなたにしめりをあたふ

元気になつたらわからなくなつてしまふといふ空気の絹のうすいいちまい

無月にてすべての月をみるごとくうるほへる目はあなたの裸眼

あまたなる付箋つきたる本のこり付箋は指のまぼろし亡きの

ページからページへ移る本の紐しづかなるひとの息のごとしも

逝きしひとからきりはなされしくちびるが鏡にありぬめちやくちやありぬ

葉のうへに名を

葉のうへに名をおけば葉のかがやきぬ梔子とおき海石榴とおきぬ

魚をさばきて手をあらひつつみる窓にひさかきありぬひさかきの花

ゆびさきに魚のにほひののこれるをゆふぐれに電話鳴りぬ一回

ゆび先に魚のにほひののこれるにふたたび『門』のページをめくる

その存在小窓のやうな鳥たちに熟寝《うまい》なからむこよひ星夜も

薔薇の花は水に沈んでしまふのかそこで目覚めぬ午前二時半

亡きのきてしばしのあひだ座蒲団ゆ図柄の桃のぬくみの浮きぬ

晴れてのち雨だれの音きゆるまで『雁』読むやうな時間のすぎぬ

髪

いつぽんの黒髪を閉ぢこめてゐる氷がありぬ朝のバス停

なまなまと氷のなかにいつぽんの黒髪とその毛根の朱《あけ》

IV

柿簾

来歴を強圧したるごとき葉の朴の落葉をいちまい拾ふ

柿簾かならず視野をはみ出しぬ子のとき母に抱かれしごと

幼児の記憶とびとびなりて枯芝がちよこつとありぬそこに猫と陽

幼児のわれと放し飼ひなる鶏が庭のはんゐに自由にゐたり

吾亦紅ずつとしやがんでみてをれば幼児のわれが駆け寄つてくる

天心にちひさな鈴の鳴るといふ迷子のこの子がむかしのわたし

カーブにてヘッドライトの当たるところ燃ゆる紅葉は死者のわが母

母はよく死体のまねをしてゐたり柿わかば照るころには特に

遺影なる母の記憶の中にゐてわれにも秋分の光がそそぐ

父死にてをりたればここにあつまりて蜻蛉の止まる墓石の黒

あらためて墓参りとは何ゆゑか墓石が鳩に替はるをみたり

ゴルフ練習場のネットを通りぬけ大量の霧来たり考《ちち》かも

しんぶんし金属音を発しつつめくられにけり亡き父がめくる

墓石群のせたるままに手のひらをかへしたやうな地震のありし

麦秋は母が波うち竹やぶは父が繋りてゐたり金色《こんじき》

末裔

ゾロアスターの末裔として盆の火をもらひてきたりむかしの小路

空葬にやがては鳥の糞となりそののち山毛欅の新芽とならむ

秋桜《こすもす》のひとつもゆれてゐないときえッとおもひぬ自分のかげに

犬もわれもともにかげなき曇り日は曇りのいろの沼のへあぶな

いろんな色を吾はみてゐたりだれか死ぬまへの一息傘のひらくを

のぞきたるトイレの水に未知の顔沈みてゐたり流さば殖えん

くわんとう平野へゆく山並みは臨終へ向かふみどりの波形に似たる

今朝のわがしよぎやうむじやうは目薬に流れてしまひたりし赤富士

いちまいの赤富士うすい胸に手を当てながら苦しさうなり風に

もはやわれ石なれば石つまらなし秋桜へでも投げてもらはう

ぼたん雪つもりてきたる静寂はどこの部屋にも隣室のなき

海嘯《かいせう》のごとくに息の流入し退きてゆくそのくりかへしの身

かたつむり

簡易宿泊所におもへらく天井の染みもここまで旅してきたる

一泊す二泊す三泊四泊す蝸牛のまま泊の連続

人体を余分と思《も》へば駅伝に襷が宙を移動しつづく

人生が駅伝でなくてよかつたと襷を渡せざるときおもふ

駅伝はこの世の円を走りをり始点終点あらざる巨円

米櫃の最後の一粒をみたか　わたしはみたよ　点滅してた

米櫃へわれの眼玉のおちにけりここが火口でなくてよかつた

反復を生きてゐるわれ毎朝の橋渡るとき橋に穴ある

ひとの名を呼ぶに忘れき　紙魚《しみ》を殺しなんのかなしみもいだかぬやうに

マンホール閉づればマンホールのうへの明るくて　これ　秋の大空

地上には倉庫しめてはひらく音の大小ありて空に星辰

あの高いところの窓の灯りゆゑ残業とかは空飛ぶ感じ

労働の消えたるごとしうつとりと鏝《こて》から壁のうまれたるとき

ずいぶんあかるくあつけらかんと電柱に濃き陰毛のごときの鴉

瞳は荅さうして梅花来歴の不幸をかたりながらかがやく

V

大三角

冬の夜空へ大三角を移したり子どもはこんな小さな絵から

シャッターを切りたるにシャッターそのものは写らず　風も　空手少女も

鯉のぼりの鱗はがるるほどの風百旒の万のうろこのまつり

十本のかはいいゆびの関節の皺がニコニコマークにみゆる

青くるみそれが踝はや夏だこどもが浅いみづべではぬる

七夕の短冊の色さまざまにこころはありぬひとりの中に

なみだ粒西瓜の種に似てゐたり喧嘩に負けて帰りし男の子

海を泳ぐ秋刀魚のやうにうつくしき繊き手の娘が絵筆を握る

後脚《うしろあし》のびやかに蹴り竿をたつ蜻蛉とハイジャン女子とをかさぬ

写真機と素数が好きな赤とんぼ空とぶやうにあそぶあの子は

歌ふ波

みえないがもう来てゐるよさむいなか氷をすべるあの子が日和

ぜんたいが脳でも全体がからだでもどちらもおなじ咲くチューリップ

さうだきみは五月の空だ眼が快晴脚が快晴よく食べるのだ

ああ若きが咲《わら》ひぬ上顎中切歯《じやうがくちゆうせつし》泰山木の花弁に似たる

タイヤのやうな弾力のある歯と思《も》ひぬ若きがキャベツ齧るをみれば

こどもらはマジックが好きドーナツの穴のみ残したべをはりたり

竹むらはうすいころもをまとひをり子どもの羊水それはそよかぜ

みえぬ手の五六百手に揉まれをり青嵐のなか切ないか樫

おてがみを書いてをります暗緑の椎の木陰はさむいくらゐだ

歌ふ波子どもぞくぞく沈んでは帽子の浮かぶコスモス畑

あめんぼ

少年のとくに犬歯に眼のいきぬ杉菜つんつんしたるがごとき

あめんぼの脚のやうなる字を書く子はねてとまらぬいきほひのまま

いぬふぐりよろこびばかりにはあらずだけどよろこび以外はみせず

日蝕に水槽のみづうすかげり目高のうたふ産卵のうた

一匹の犬をめざしてあまたなる口からとびぬ西瓜のたねが

しつくりといかない感じカステーラわけてことばに時差あるふたり

子らに似てつやつやの眼は晩秋を抽出したるごとき栃の実

秋空に吸ひつくやうださみしさを全開にする子のたなごころ

迷子の子まだみつからずすすき野はなんまいめくりても波がきて

氷の面たてたるごとき冬の日にぶつかつてゆくをとこの子たち

なんといふたどりつけざるうつくしさ「クリスティーナの世界」との距離

すずめ

すずめの羽蛍光しをり奇跡ではあらざる出会ひなきにひとしく

砂浴びのちひさき穴が庭にできすずめでさへも光体だつた

すずめ子の高速回転砂浴びにフィギュアのシットスピンをみたる

聚《あつ》まりて寺院の庭にゐせいよきすずめのちさき五体爆竹

けふの雀のゐばしよとおもふ点描画のあかるいひかりのなかの一点

あんぐわいに豪快な穴すずめらの砂浴びの跡月面にみゆ

鳳仙花はじくるごとくちッちッとゆふかたまけてすずめごのこゑ

ちッちッと鳴きごゑは火をつけてゆくすずめごありぬ乾いた家に

すずしく晴れきャんちきャんちとうれしきかすずめのこゑは樋に点うつ

天穹と石筍

五月晴れて雲をゆるさぬ天穹をひとつの乳ぶさとおもふ少女の

ちひさなる甕にみちたるましみづを乳ぶさとおもひたりぬ采女の

待つといふまぶしきことをしてをりぬをんなの子朱の傘をまはして

関東平野よく見ゆる丘に今日も立ち少女は叫ぶチューリップの芽

空手の子尺骨茎状突起《しやくこつけいじやうとつき》みすかかる突起はつやめく胡桃

空手の子風の隙間に入りたりカーテンめくるやうに白昼

白樺に豹紋の花序たれてをりつぶれた靴のをんなの子過ぐ

鈴のねにのりて来たりぬ落葉松が黄にもゆるなか手ぶらの少女

さはやかなさをとめなるを歯それは整列しをりましろき墓石

皓歯そは光る街からやつてきて少女の笑ひ伴ひてゐつ

だがそれは石筍《せきじゆん》だらう服焼くるほど暑き日のをとめの乳くび

空高くひばり鳴く日は数学を嘴で解くここなる少女

立葵バスケット部とバレー部の姉妹ならべるごときに高き

生糸

はつ恋へおもひはおよび流星のきえし軌跡は生糸のごとし

まなぶたのいちまい外にあるものが直に太陽だつた初恋

しゆんかんしゆんかん時のとまりて花火のあがるその連続のやうな初恋

飛火してひろがりてゆく冬の火事あれが恋だといまならわかる

失恋のきたる少女に落日のちぎれちぎれのかけらが金魚

あたたかいね

あたたかいねあたたかいねとゆれうごく満作の花のやうなるリボン

仏の座針ほどの紅点じたりそこから春のひろがらむこゑ

ひるさがり眠気へむかひうつとりと桃の重さのごときがわれへ

日をあびて弛緩しきれる猫をりぬチューリップはチューリップで開きすぎだよ

菜の花をたくさんみたり河を越え目と菜の花は通じてゐたり

酢漿草《かたばみ》の花まだとぢてゐる朝はちひさな幸がこれから開く

ものかげにみえざる口のあるといふ満天星のかげに雀が入りぬ

つづくつづく天国つづきまんかいの桜のなかを夜汽車が走る

地のどこにあつたのだらうこの黄いろチューリップが純粋に吸ひたる

銀嶺へ金鈴をふるおごそかを小鳥はなしつ鳴きごゑとして

けふひとにあはんといそぐ自転車にからだ全開白木蓮や

VI

虚《から》

満月によくみえてをりクレーター男の乳首は陥没である

冬の裸身を幻出すべくかずしれぬ黄をふらせをり落葉松林

巨木ゆゑ槻へ西日をさしだしぬ心臓抉りとりたるごとき

こめつぶのやうなつぶやき二三粒おとしてさりぬ法務事務官

鳴く蟬のこゑのみありて鳴かぬ木の無となりてをり炎暑白昼

はじめからずつと独りであるやうに虚《から》のプールは虚を入れをり

金木犀の匂ひがわれを片付けて金木犀へ大空ありぬ

地震《なゐ》ののちわが傍らをビルディング秋風ほどの薄さに過ぐる

にんげんの内面となりしからつぽの大空ありぬ熊蟬のこゑ

灯りつつゆれてゐる裸電球は心臓といふぶらさがりもの

湧きいでて日輪おほふ赤とんぼあの集団が一人を捜す

郊外のゆふぐれを飛ぶ蝙蝠はひとの手のひらわが頬をうつ

だいこんの重量感を引くぬけば地中ゆ消えし大根の白

みづたまは懐妊をしぬ蓮の葉はひとつぶづつの月球おきぬ

ひとつ樹の芽吹きてひとり狂ふめりがうがうたる青台風に似て

ロケットをあぐる勢ひにて芽吹くおほけやきそに安神のなし

うきぶくろ水面へとぶ水底にあるみづからのかげに弾かれ

蟬穴へちやうどおちたる一滴の雨ありてすぐ驟雨となりぬ

祭り

泳ぐ身と色のわかれしそのせつなポイに金魚の色のみ掬ふ

俺は見た　向日葵畑のひまはりの花ざかりの黄の飛輪を空に

俺の眼が螢となつて飛んでゐる祭りの夜の水のゆめかな

大きいなあ恋といふものひとの眼のひとつ瞬きに地球と天河

青年の汝が腹腔は喰らひたる魚群いきいき泳げる深空

大空に玉葱ありぬ大空に負けざる一個の漲りありぬ

不死鳥

さみしさを不死鳥といひ新月は月のかたちのすべてを含む

蛞蝓は年とらざればきらきらとステンレス上を生から生へ

照りながら雨はふりつつ虹たちぬわれは思ひぬキノコと忍者

贈り物満月なればいただきぬ空からぢかに手をつけぬまま

鋼より強くゴムより柔らかき蝶のつばさよ卑弥呼のことば

樹の陰に入りてなくなりたる影のわれわれのぶん樹は濃くなりぬ

電車

待たされてゐるあひだにて鉄道とこの道出会ふところ雨おつ

がらんどうの電車諸葛菜の中をゆく「入居者募集中」の走れる

くりかへしみるゆめ照度異なれどのりかへ電車にまたのり遅る

ゑがきゆくマーガレットは梅雨の日の満員電車のごときのにほひ

多くのこゑがわたしとともに搬送をされてゐる今時速百キロ

鱏が空おほへるごとき曇りの日しんじゆく駅の出口わからず

くわいいう魚うかべながらに山手線一周しつつ品川をすぐ

火矢

爆音をトロール網のごとく曳き集落上空軍機の行ける

水平に遠くを飛ぶはたぶん鴨戦国ならば火矢かもしれぬ

のぞみ号トンネルに入り火祭りに眼をつむりたるごときのわれか

トンネルを新幹線でぬけながら山を人体とおもひぬ切《せつ》な

日本列島新幹線に過ぐるとき木のあり方は瞬時のひかり

高速にあを追ひかけてきし蒼穹《そら》が関越トンネルへ突入したり

ドップラー効果に過ぐる赤き音その音源に二度運ばれし

オートバイ事故にて宙をとぶわれはいなびかりそのものたり刹那

救急車ふいにしづまり風草の茎あざやかに斜陽に浮きぬ

テールランプにブレーキランプ加はりてサルビア燃ゆるごとき渋滞

いちばん低いところへ夜景を追ひつめて首都となしたる関東平野

きつねの眼ヘッドライトにひかりたり関東平野の夜景のうへに

夜景にて首都高速は血球のごときむげんにクルマが走る

機窓からしばらく翼みてゐたり飛んでをれどもはばたきをせぬ

高度三万フィートの機内にをりたるに覚むれば機内もろともになし

凩

眺望のところどころは恋に似て山に発火のごときの紅葉

飛火してはじめ子どもの掌でありし炎が家屋鷲づかみせり

またたくま赤きは鳥かもみぢ葉か火矢かもしれぬ藤圭子かも

これは凩一号吹けるにちがひなく落暉がカーブミラーを壊す

空ぜんぶ凩一号吹きてをり犬繋がれて鳴くは何匹

凩にわが口笛の加はりて飛びこえてゆくメガロポリスを

枯山に弾丸のやうな烏瓜赤きをみたりもう晩年か

かたまりて鴉のをりぬ稲の刈られあらはれいでし別の平野に

木守柿いちばん最後になくなりぬいちばん寂しい世界とともに

杉の木を指とおもへば寒の指一本立ててゐるさみしさや

芒野をなんまいもめくるやうな風うすいガラスのあまた手のみゆ

あられもなくうすら氷《ひ》に罅いりにけり鵯のこゑそのひとこゑに

死化粧といふにあらねどゆふばえに冬木は冬木で艶めきて樹《た》つ

欅　鯉　いづれもぢつとしてをりぬ雪降るまへの空の重さよ

あとさきをまなこに集中してゐたる鵙を枯木に宮本武蔵

金管楽器

ゴルフボールほどとなりたるわたぼこり亡きわれならむゆらゆらしをり

白カーテンの読点は虫死にてをり読点のむかう五月の深空

とびつきりあかるくて見晴らしよき広さそこに一点を打つごとき樹よ

いかに丘眺望よくもかなしみがさいしよにありぬ金管楽器

地平までこころひろごること易く落陽に乗りながらの鴉

全焼となりしあはれも他人ゆゑ火の本性をみつめてをりき

皮膚と服とのあひだ

ふくらんでくる感触のあたたかさ皮膚と服とのあひだの小春

いたはりあひせめあひそしてふかまりぬ大腿と新調のズボンの仲も

水玉のスカートへもつ愛着のみづたまどれもうたかたなれど

生と死は水滴合体するやうな仲とおもひぬあぢさゐの径

名付けられわれにまつをが密着し乱蟬《らんせん》のごとくありぬときどき

さみしさにあるおだやかさゆつたりと充電せむか小春日和に

乗り込みて電車の音とその揺れにゐばしよのごときを感じてねむる

大瑠璃小瑠璃

ゆめに来し大瑠璃小瑠璃瑠璃鶲東方浄瑠璃世界も来たり

盗み見でちらつちらつとどうしてもみてしまふ吾《あ》は木漏れ日なのか

木のかげがふはつとしたる桃いろになりたり嫣が木のかげに来て

いまおなじ宇宙のおなじ時間かな苗色の眸はわれを吸ひこむ

樹の方へ吾《あ》を向くるとき樹の方はすでにありけり愛に似てゐて

ユーカリ

ユーカリの遊履《いうり》ゆりゆりそよぎをりゆりゆりゆりゆゆりゆりゆりゆ

あぶらうくごとくみ空とまじはらぬユーカリの葉が木ごとゆれをり

ユーカリのしなやかにからだごと揺れて捨てかへすなり捨てられたから

Ⅶ

みづ

ゆくみづにすりきずひとつあらざれば草書ながれてをりたり海へ

鍵盤をきれいといふ子ゆびさきを渓流の魚のやうにうごかす

七夕の浴衣にピアノの鍵盤のゑがかれてをりそこにみづおと

こざかなをいつもうへからみてゐたよ不意なうごきがとにかく好きで

かはせみがみなもをとびぬ紙で手を切りたるごとき直線状に

みなそこといはるるところみづありてはじめてありぬ火のいろの石

水にやどる月がわたくしではないか月はふくらみコップに溢る

亡きひとよみづのながれにかすかなるミントのかをりしたり小川に
すいめんがいくどかたちを崩してもかたちはもどる亡きのほほゑみ
ある枠のなか生きてゐてその枠の色いろいろのなかのみづいろ

えんぶだい

ゆびのみがくれのこりたるえんぶだい　ゆびが西瓜のたねほじりだす

別にあるわたしのこころ鯰たべ鯰がわれとなりつつあれど

生から死　死から生へと線分は天の振り子のかげ地にうごく

白鷺が野辺にふりまくあの白さ尽きざる白さたつた一羽の

からだとの一体感のなき蒼穹《そら》はからだがほしいじぶんのからだ

かなづちをだれかがうちつ天空へ鳩のとびたつ一羽の音す

妙な目にかこまれてをりアルビノの鴉をだいじに抱へてわれは

手に握れさうな落日近道があるならここを荒野と呼ばす

ポケットの中は夕焼けだらうからひとはほほゑむ汽車まちながら

肌

いちまいの紅葉のやうに肌《はだへ》にも表裏のありて裏をしらざる

生ごみぶくろうすいぽりえちれんの皮膚あまた接してゐたり淫雨に

ポリぶくろこれは肌ゆゑ肌と肌あまたおしあふ生ごみおきば

絹ごしの豆腐ひとつを買はんとし千円札に皺のあらざる

乳ぶさよりやはらかく乳ぶさより白き豆腐とふしぎな感じを買ひぬ

あり方

泰山木けさ開きたりありありとゐないのにゐるひとのあり方

噴水のやうに芽吹ける木とおもふふたりきりとは亡きひととわれ

あぢさゐの咲く寺いでてはじめからひとあらざりしごときの陽ざし

灯を消して肩よせてテレビみてゐしが雨音のなかにともに消えにし

山毛欅のまをながるるやうなさへづりはそのこゑに鳥じしんが乗れる

白鳥のおなじはつづく零点一秒まへと零点一秒あとと

ながれゆく雲にはあらずゆるすとかゆるさるるとかそんな次元が

どちらも亡きものとおもひぬひるまみし笹百合といまみてゐる銀河

菜の花のきよねんとことしひとのゐたまぶしさとひとのゐないまぶしさ

落日の残響に木々ひたりをりゆれながらゆれをさまるまでを

われここにをれどもはるかなる山の山毛欅は芽吹かんここなるごとく

代田はもここにゐながらゑんぱうの青い山脈移送しうかぶ

梔子の香の圏内を亡きひとのいまのエリアとおもひぬ入りつ

さへづりのためにさへづる駒鳥となりて来世が今にあるひと

みえぬものなにかのすぎてゆく方へちよつと待つてとわがこゑ飛びぬ

さくまへにさくらあらざりであふまへひとあらざりしああひとの手や

ゆきをんな抱けば氷のこりたり氷はだからわたしのからだ

感慨

はうねうにコーヒーの香のいでてきぬキリマンジャロのなごりひととの

白黒写真は母とをさなきわれと笑む霊感つよきと霊感なきと

クーラーの部屋にて電気バリカンの熱がさすらひをりぬわが頭を

踏切のカンカンカンのきこえきてトイレにゐれば感慨もある

二時間の経過を椅子にみてをればあをい連山がみどりにかはる

バスはゆくあぶらな桜かすむなか二百円にて九キロのりぬ

以前この墓に来てより亡き父母を亡き状態のままにしてゐた

ひとがごくちひさき咳をいだせるに陰阜のごとく咽もりあがる

蠟燭はしらつと咲きぬ白梅のころたづねきし母とおもひぬ

石鹼のつめたさにひざこぞうありわれに来てゐるこのひざこぞう

すぎさりしこころのやうに石鹼はふれざれば泡ひとつもたたず

われ以外あらざればわが嚙む音か嚙むおとにわが孤独ふかまる

すこし変かも

紙コップのなかにすまはばしあはせとおもふひとときひなたぼこりに

毛づくろひしてゐたりしがたちあがり猫は顔から鏡に入りぬ

麦穂波そこへじぶんを浮かせてもだいぢやうぶだれもみてゐないから

すべりひゆ庭をおほへる家をとひ不在確認のチャイムを押しつ

のびるところまでのびきれるそのかげがたちあがり木とかはりたる夜

ひとりぼつちの少女みたいに七月の七日まひるま卵呑みたり

向日葵であればよかつたお互ひに叫んでをれど障りとならず

びしよ濡れに歩きながらにあまつぶをみることあらずびしよ濡れの今

夜とおなじ暗さにゆけど家々の自動感知の灯に照らさるる

小部屋にわれら閉ぢこめられて暴風雨われら外からわれらをみてし

ぬかるみに好みて臥せる牛のありぬかるみと牛さべつのつかず

らうにやくなんによしゆんかしうとう木の匂ひそれぞれありてかたはらをすぐ

パニック

パニックのはじまる予兆いくばくか和らげむとて梅雨とつぶやく

ほんの数分まへのじぶんへ抛りたるキャラメルなれどただ虚空あり

とがれつつ米白濁のなかにありこのパニックはわが手がをさむ

大花火ひらきぬあれは鞠なれば手のひらあらむ天にもきつと

シャボン玉あれはそらごとひとりごと山河を宿したちまちきゆる

炎天にごくごく水をのむひとの喉のうごきのどらみんぐの音

炎天をあのつりがねのなかに入れ泣かせてみたしあのつりがねを

蟬

きつと前世もおなじとおもふ蟬の羽化眼のいでてから翅のいでたり

哀絶を啼いてゐるのは蟬だから胸からいきなり頭がありぬ

耳底には突発的な火事事故死いろいろありぬ蟬の鳴きごゑ

せみしぐれ一斉にやむときにしも勝負俵がうかびぬ円く

蟬の穴穴そのものがむきだしに照らされて空《から》そのもののとなる

蟬の穴ここはせいしん病院のちひさなちひさな蒼穹《そら》色の窓

これしきの風にはおちず蟬の殻樹皮につかまり無が生きてゐる

にんげんのうぶ毛ていどのひげふたつ木かげの蟬の死体にありぬ

掌におけば蟻の四五匹いでてきぬ蟬の死体の空気の袋

地球儀にのせてみたれば地球儀の蟬にもかすか死臭のありぬ

なんだこのかるさは死んだあぶら蟬眼に立秋の青をうつせる

Ⅷ

きびたき

黄鶲のくちばしの鋭恋だからひッひひーゆひッひひーゆと炎を放つ

胸と喉くちばし連動して恋のダイナミックを小鳥が放つ

遠慮なきさへづりきけば遠慮なき恋うつくしき黄鶲の黄よ

恋は若葉のさなかにありてりちョりちョぴーッぴぴりョぴぴりョと黄鶲のこゑ

さへづりはまはだかのこゑうつくしく黄鶲が山毛欅の梢にゐたり

若草

いま君がその中をゆく新緑の森がわたしのきみへのおもひ

木々芽吹く小径あゆめる君の背よおもはれてゐることは軽いか

ぼくはただ森のちひさな椅子としてきみの時間となりたいだけだ

若草を追ふやうでなんだかあかるいな北へ北へと芽吹きは走る

乳に乱　をとめ自転車こぎてをり汗ばみながら新樹のロード

大欅われらが視線すひこみて揚花火ひらくごとく芽吹きぬ

みづみづとはだかをまとふ柿わかばはだかみられてうれしきわかば

まつをくん

まつをくん途中の駅におりないででも秋桜がきれいと言はる
並んで歩くひと君なれば毛穴から世界が入る桜も入る
あるきつつ叶《かなふ》花《け》をすぐただあるくことにまんぞくしながらに過ぐ

晴れ間へとわれらのからだあらはれて歩きはじめつ曇らばきえむ

片栗のそりかへる花　きみがまへわたしがうしろ里山をゆく

わがゆびは雨後の土壌をつつきけり君の背なかは春日《はるひ》がつつく

目から花飛んできて花だけとなる一瞬ありぬめくばせのとき

きみは窓　めがね　白木蓮《はくれん》　月　湯ぶね　きみに対して僕もさうなれ

卒業写真

卒業写真に小さく写る亡き妻が雀の地鳴きのやうに愛しき

そぐそこにゐる亡きひとへとどかざるわがこゑが石となりて落ちたり

大石の天に浮かびてをりたれば月夜なりけり婚礼の夜

流星群絢爛たるは亡きひとの切られておつる十万の髪

コーヒーをのんだことさへおもひでとなりてしまひぬ人の亡ければ

触れてください触れてください死に顔に咲いたやうにまだあたたかいから

あなたのそばにゐられてよかつたとおもふ紫陽花にふる小雨のやうに

嫩草の亡きひとに似て笑ふときりんくわくさだめがたかり山も

きみの背に電波望遠鏡白く写りてきみはをらざり今は

野辺山の天文台の白きこと夏なれど秋桜咲いてきみあり

うめに花咲き梅の木ありぬ亡きひとに非有のすがたのありてきてゐむ

亡ききみよ合唱たえず雪の日もみんみん蟬の鳴いてゐる耳

みらみら

尸《かばね》から尸へながれ水のごとかすり傷さへおはざる時間

みらみらと梵字ながれてゐたりけりすきとほるここはいづこのきしべ

あぢさゐの紫《し》にしづしづと雨《ふ》りてをり死者にもありぬ手の甲の沢《つや》

大空は弥勒の不在テーブルはバナナのかたちにバナナの不在

月光のくまなきにわが入りこみひとりとなりぬ無限のひとり

らんらんたる幻覚きたり金色の仏のかたちは仏の非在

このうすいくもりガラスはイグアスの滝を孕みぬ割らば空《そら》かも

岬にて飛魚くひぬ飛魚がみし断片の空もいつしよに

われがわれ在らしむるとき翠巒《すいらん》は空の広さをとりこみて立つ

わきやまぬ気泡のやうなかがやきのひとの不在を泉にみてる

もろびとの不在のなかにわれを置きお花ばたけはまぶしいわけだ

日向ぼこしてゐるすでにひとりではないひとりでもひとりではない

ゆふやけをひきずるやうにゆつくりとじかんのかみのまひまひつぶり

こんなちひさなでんでんむしが天の川その渦巻をゆつくりはこぶ

かたつむりじかんのばしてゐたるかな粘つくやうにじかんはすすむ

死にいまだおひつけざるか死がいまだおひつけざるかまひまひつぶり

ゆつくりといふことは死ぬときもまたいつのまにかたつむり死にをり

蝸牛よりゆつくり死んでゆくからな何時何分に死んだといふな

あとがき

本書には未発表歌六二六首ををさめました。二〇一七年の七月までの作となります。ほとんど記憶と想像で詠んでゐるため、歌はあちこちへ飛びます。特に記憶といふものは、化け物とは言はないまでも、コントロールすることが難しく、私とは別の生き物と思へてしかたないときがあります。思ひ出さうとして思ひ出せる記憶は数が知れてゐて、ほとんどの記憶は思ひ出さうとしてゐるときではないときに、ほんの些細なことを縁にして浮んでくるものです。記憶自身の言はば任意性がどう発動し、どういふ軌跡を描くのか、或いは単発で終はるのか、すべて事後にしか私には分かりません。そして何か記憶の浮かんできたあとには小さいながら想像の翼をつかひます。よつて歌はあちこちへ飛びます。飛んでしまふ歌に何等かの脈絡らしいものを与へ、歌集の体をつくりだすことは思つてゐたほど簡単なことではありませんでした。しかし二〇二二年に久しぶりの歌集『牧野植物園』を出すことができたことを励みとし、次の歌集もまとめて置かうと思ひ、本歌集『時間の神の蝸牛』の原稿をまとめあげることができました。

本歌集の出版にあたつても、書肆侃侃房の田島安江さんとスタッフの方々にお世話になりました。深く感謝してゐます。そして、毛利一枝さん、魅力的な装幀ありがたうございました。

渡辺松男

二〇二三年小春

■著者略歴

渡辺松男（わたなべ・まつお）

1955年群馬県生まれ。歌集に『寒気氾濫』（現代歌人協会賞）、『蝶』（迢空賞）、『牧野植物園』（芸術選奨文部科学大臣賞）等。句集に『隕石』。「歌林の会」会員。

かりん叢書425篇

歌集　時間の神の蝸牛

二〇二三年十二月二十日　第一刷発行

著　者　渡辺松男
発行者　池田雪
発行所　株式会社 書肆侃侃房（しょしかんかんぼう）
〒八一〇・〇〇四一
福岡市中央区大名二・八・十八・五〇一
TEL：〇九二・七三五・二八〇二
FAX：〇九二・七三五・二七九二
http://www.kankanbou.com　info@kankanbou.com

編　集　田島安江
DTP　黒木留実
印刷・製本　モリモト印刷株式会社

ISBN978-4-86385-608-0　C0092